내 마음의 나이테

공감시인선 62

내 마음의 나이테

ⓒ 박민순, 2024

지은이_ 박민순

발 행 인_ 이도훈
편 집 장_ 유수진
교   정_ 김미애
펴 낸 곳_ 도서출판 도훈
초판발행_ 2024년 2월 20일

사무실_ 서울시 서초구 법원로3길 19, 2층 W109호
         (서초동, 양지원빌딩)
전   화_ 02) 595-4621, 010-6722-4621
팩   스_ 050-4227-4621
이메일_ flyhun9@naver.com
홈페이지_ www.dohun.kr

ISBN_ 979-11-92346-68-7 03810
정가_ 12,000원

이 시집은 한국예술인복지재단 2023년 하반기
창작준비금 지원으로 발간되었습니다.

내 마음의 나이테

박 민 순 시집

도서출판 도훈

나의 바람

온누리 비추다가 저녁놀 피워놓고

서쪽으로 지는 해

어둠 밝히다가 새벽 불러놓고

이우는 달과 별똥별

자기가 할 일 다 끝내고

넓디넓은 우주宇宙 안으로

사라지는 것들은 모두가 아름답다

산처럼 너그러운 가슴으로

물처럼 낮은 자세로

바람처럼 자유롭게

나무처럼 아낌없이 주며

해와 달과 별, 꽃처럼

아름다운

그런 삶을 살다가, 지고 싶다.

차례

5 / 서시 나의 바람

제1부 소나무 뜨락

13 / 내 마음

14 / 첫사랑

15 / 그 사람 이름 지금은 잊었지만

16 / 민들레

18 / 풀꽃

19 / 목련꽃

20 / 소나무 뜨락

22 / 운암뜰

24 / 오산천

26 / 고향

28 / 고향 가는 길

30 / 독도

32 / 비눗방울

34 / 비둘기 포장마차

36 / 가을을 읽다

37 / 차 한 잔의 여유

38 / 창

40 / 그 길

42 / 산사의 나그네

제2부 아름다운 인생

45 / 웃음꽃

46 / 제비꽃

47 / 봄까치꽃

49 / 토끼풀

51 / 눈(目)

52 / 바람 소리

53 / 고봉밥

54 / 커피

56 / 아름다운 인생

57 / 아름다운 마무리

59 / 내 마음의 나이테

60 / 행복 바이러스

62 / 웃음 바이러스

65 / 주춧돌

69 / 내 이름 묻지 마세요

73 / 혼자서는 숲이 될 수 없다

제3부 어머니의 뜨락

79 / 아름다운 이름

80 / 호미의 인생론

81 / 호미

83 / 어머니의 뜨락

84 / 어머니의 벚꽃

86 / 어머니의 원추리

88 / 어머니의 밥상

90 / 할미꽃

91 / 찔레꽃

93 / 사진첩을 넘기며

95 / 순리

97 / 어머니 생각 · 1

101 / 어머니 생각 · 2

102 / 어머니 생각 · 3

104 / 어머니 생각 · 4

105 / 어머니 생각 · 5

107 / 어머니 생각 · 6

108 / 어머니 생각 · 7

111 / 어머니 생각 · 8

112 / 신의 선물

114 / 주걱

116 / 아내의 지우개

제4부 아름다운 5060

121 / 노년의 향기

122 / 그대여

124 / 여자

126 / 17층 공든 탑

128 / 그래, 쑥쑥 자라거라

130 / 딱풀

132 / 평화의 소녀상

134 / 문화가 샘솟는 넓은 마당으로

136 / 꿈과 희망이 넘치는 오산

138 / 매향리의 어머니

140 / 질서와 균형과 조화의 달

143 / 새 희망 새 출발

146 / 젊음, 바람과 함께 사라지다 · 1

149 / 젊음, 바람과 함께 사라지다 · 2

152 / 젊음, 바람과 함께 사라지다 · 3

발문跋文

156 / 사무사 무불경思無邪 毋不敬을 마음에 새기고

– 이 원 규

가을 향기 가득 품고

그대 곁으로 날아가리라

그대 책갈피 속에서 단꿈을 꾸리라

내 마음

그대가 만일
한 송이 꽃이라면
나는 그 꽃 위를 맴도는
한 마리 나비가 되리라
아름다운 한 마리 나비가 되리라
만일 그대가
한 송이 꽃으로 피어날 수 있다면

내가 만일
한 장의 낙엽이라면
가을 향기 가득 품고
그대 곁으로 날아가리라
그대 책갈피 속에서 단꿈을 꾸리라
만일 내가
한 잎의 낙엽이 될 수만 있다면.

첫사랑

첫사랑은 소나기 지나간 후 뜨는 무지개

언뜻 보이는 하늘 그 둘레

난생처음 사랑해 본 얼굴 무지개로 걸리고

거울처럼 서로를 비출 수 없어

입김 불며 지워보는 우리 둘 마음

흰나비 한 마리

곡선 그으며 날아와 풀잎 위에 내려앉으면

얇은 날개의 무게만큼

초록빛 파르르 흔들린다, 물빛으로 일렁인다

그 물빛, 구름 되었나

꽃잎 지듯 떨어지는 빗방울

내 가슴 한복판으로

선명하게 나 있는 오솔길

난, 오늘도 축축이 젖어

하늘과 맞닿은 그 길에서 서성댄다.

그 사람 이름 지금은 잊었지만

하루라도 안 보면
몸살 날 것 같았던
내 하나의 사랑
젊음의 눈동자

나는 너였고
네가 나였는데
박이 두 쪽으로 갈라지듯
동쪽과 서쪽으로 걸어간 우리

지난날 잊지 못해
꿈속에서나 만나는
짧지만 달콤한
별보다도 꽃보다도 아름다운 사랑

지우지 못하는 옛이야기
이루어질 수 없는 사랑
그 사람 이름 지금은 잊었지만.

민들레

겸손이 몸에 밴 너

낮은 앉은뱅이 자세로

찬 바람과 맞선 냉이처럼

돌 틈 사이에서도

살아남는 삶의 지혜가 있었구나

토종은 하얀 미소로

서양종은 노란 미소로

밟혀도 짓밟혀도 다시 살아나는

이 땅의 민초民草

불사신不死身이 바로 너로구나

꽃 피는 그 모습

매화와 다를 바 없건만

흔해서 귀함을 몰라주고

아무도 눈길 한번 안 줘도

일편단심 사랑가를 부르는구나

이른 봄부터
꽃을 피우고 씨를 날려
세상에 왔다 간 흔적 남기는
이 땅의 민초
불사신이 바로 너였구나.

풀꽃

바람도 자고
백조 노니는 잔잔한 호수에
내려앉는 아침 햇살
물안개 번지듯
피어나리
순결을 머금은 풀꽃

바람이 일고
나뭇잎 둥둥 떠다니는 호수에
떨어지는 빗방울
물 파장 번지듯
퍼져가리
순수한 풀꽃향기.

목련꽃

살갗 파고드는 차가운 겨울바람

그 시련 이겨내고 꽃망울 터트린 너

어제오늘 온갖 일들이

맘과 뜻대로 되지 않아도

누구라, 원망치 않고

참고 견딘 그 가슴 아린 세월

이루지 못한 사랑 안타까워

손바닥을 서럽게 펼치듯

한 잎 두 잎 벌리는 꽃잎

아지랑이 하늘로 오르는 날

목련꽃 활짝 피어나니

더욱 환하게

눈이 부시도록 처연凄然한 이 봄날.

소나무 뜨락

어제는 꿀벌과 나비처럼
꽃길만 거닐었는데
오늘은 눈물고개 넘는
살얼음 길

원망하지 말자
세상살이 다 그런 것
눈보라 휘몰아치는
이 칼바람도 곧 지나가리니

그냥 꾹 참고 견디는 한세상
동지섣달 찬 바람에도
꿋꿋하게 서 있는
소나무를 닮고 싶다

옛일들은 언제나 그리움을 남기는 법
손 마주 잡고

저 언덕 너머

봄을 향해 가자, 어서 뛰어 가보자.

운암뜰*

한 여인을 보내고
또 한 여인을 만나
세월의 뒤안길에서 흔들렸던 나
다시 그 자리로 돌아와 서 있다

누군가를 기다릴 일도 없는데
그냥 그 옛날이 마냥 그리워
구불텅한 논두렁길이었던 이 거리를
으스대며 걸어본다

꼬리까지 빨개진 고추잠자리
쪽빛 하늘에서 놀고 있는 한낮
그 날갯짓에 얼핏 비치는 그림자

내 마음속 옛길에서
손 흔들어 떠나보낸 그 여인이
발걸음 소리 죽이며 걸어오려나

누렇게 익은 벼 이삭처럼 고개 숙이고

마냥 걷고 싶은 이 거리.

*운암뜰 : 경기도 오산시 오산동, 원동, 부산동에 위치한 들
　　　　판. 현재는 10분의 1 정도만 농지로 남고 신도시가
　　　　들어앉아 있다.

▲ 시작 노트

　지금은 오산 시청과 상가, 운암단지 아파트들이 서 있지만
30년 전만 해도 운암뜰은 오산 시민이 1년간 먹고도 남을 쌀
이 생산되던 곡창(평야)지대였다. 가을이면 누런 벼 이삭이 익
어가던 황금빛 들판 위에서 한가로이 노닐던 고추잠자리 떼를
떠올리며 여인에 비유하여 한 편의 시를 써 보았다.

오산천 鳥山川

새로운 것들은 흐르는 물을 만나

언젠가는 옛것이 되겠지만

늘 새것이 되어

물가에 기대어 사는

이름 모를 온갖 꽃들과 풀포기들

햇살 차고 오르던 봄

눈이 부시게 푸르던 여름

억새꽃 춤추던 가을

물소리 바뀌는 겨울

어제를 지우듯

버릴 것은 다 버리고

비울 것도 비우면서

또 다른 내일로 간다

오산천은 물고기의 낙원

물소리의 비밀정원

새소리 바람 소리

소곤대는 물소리

그 속에 수달 가족도 산다.

고향

등 굽은 초가지붕 위로

한 폭의 그림처럼

저녁연기 피어오르고

노을이 붉게 탈 때마다

지는 하루해 아쉬워

울어대던 산새들

까치발 높이 들고 밖을 보면

일 마친 누렁소

터벅터벅 걸어오던

앞 들녘, 논둑길

그곳을 비추던 달빛

그리고 별빛마저

가로등 불빛에 밀려

흐릿해져 버렸다

자동차 시동 켜고

불빛 멀리 밝혀

더듬더듬 걷는 옛길

그림자 길게 늘인

내 생각의 막다른 골목길에서

지번地番 잃고

발걸음을 멈추었다.

고향 가는 길

빈 호주머니에 손을 찌르고 매정한 도시의 거리를
밀리며 밀치면서 걸어간다
사람을 버린 사람들과 사람이 버린 사람들이
칼날처럼 날이 선 모습으로 오가고 있다
어깨를 툭 치면서 손이라도 마주 잡을 그 사람은 지금
어느 거리를 헤매고 있는가?

노을이 하늘에 구운 것은 사랑만이 아니었다
지난날 생각들 아무리 뒤져도 내 안에 없는 이
등 돌린 미움까지도 산마루에 걸어 놓고
이젠 되었단 듯
손 아예 툭툭, 터는 높은 하늘

늦은 밤 버스 안에는 짐짝처럼 떠밀린 사람들
외로 접은 고개 다시 풀어 세워보지만
높은 하늘에 흰 싸라기를 엎질러 놓았나?
별이 저리 총총한데

오히려 너무 크고 둥글어 허전한 보름달

구부러진 논두렁길 지나고
흐벅지게* 피어있는 하얀 박꽃 돌담장
그 너머에 내가 살았던 옛 둥지가 있다.

* 흐벅지게 : 탐스러울 정도로 두툼하고 부드럽게.

독도

그해 여름은 추웠다

바다의 발길질에

들창은 찢어졌고

해안선 밟고 온 태풍

텃밭 벌겋게 파헤쳤다

아! 비통한 소리

물새들의 벌거벗은 몸에선

소름이 돋았다

해안선에 뒹구는

작은 돌멩이

물새가 물어다 준

조개껍데기

얇은 여름 이불 뒤척이듯

몰려왔다가는 파도 소리

밤낮으로 맘 졸이던

물새들의 막사엔 지금쯤

훈풍 한소끔* 놓여 있을까?

* 한소끔 : 어떤 기운이 한차례 확 일어나는 모양을 나타내
　　　　　는 말.

▲ 시 감상평
독도의 현실을 안타까워하면서 지은 시입니다.
　'그해 여름은 추웠다'라는 역설적인 표현으로 시작이 된 이
시에는 말로 표현하지 못해서 그렇지, 독도를 자기네 땅이라
고 우기고 있는 일본에 대한 분노가 고스란히 녹아 있습니다.
'바다의 발길질'이라든지 '해안선을 밟고 온 태풍'이라든지 하
는 것들은 역사를 왜곡하여 억지를 부리고 있는 일본에 대한
은유隱喩입니다.　　　　　　　　　　　　　　－ 시인 서정택

비눗방울

푸른 물결 비늘 스치듯 보글보글 끓는 산하
실루엣 접어서 오는 바람 속의 잔주름
인내의 삘기* 물고 다독이며 사노라면
아련한 그대 얼굴 비눗방울에 맺힙니다

작은 입 여려 보여도 꽈리 소리 내는 그대
눈 시린 무지개는 일곱 색깔뿐이지만
한껏 불고 있어도 다시 또 불어지는 그대
목 터지게 불러 봐도 다 못 부를 나의 노래

그대 종일 바라보면 눈이 매워집니다
폐활량에 부딪혀 내내 부르지 못하지만
반도半島는 언제나 미인, 당신은 내,
무덤입니다.

* 삘기 : 띠(다년생 초본으로 뿌리줄기나 씨앗으로 번식)의
　　　새로 나는 어린싹.

  내 조국을 '비눗방울'로 은유隱喩했음은, 자그마한 외세에
도 중심을 못 잡고 바람결에 이리저리 날리는 비눗방울 같은
조국이 안타까워서입니다. 그러나 비눗방울을 투과해 쏟아지
는 햇빛은 찬란한 무지개입니다. 무지개는 희망이지요. 연약
하고 연약한 내 조국이지만 '반도는 언제나 미인'이며 '태胎'를
묻은 곳이고 육신을 눕힐 '무덤'인 것입니다.   - 시인 서정택

비둘기 포장마차

밤안개 속 깜빡이는 동심원同心圓
꺼질 듯 불빛 몇 가닥
내 시야 한복판을 긋는다

오산역 건물 꼭대기에 모여 사는
구구 비둘기는
빈 컵 속의 눈물이라도 파먹겠지만
정한情恨이라고는
눈을 씻고 봐도 없는
희미한 하루살이
오랜 속사정 잊고
술잔에 가득 그리움을 담는다

신문지 몇 장 포갠 의자에 앉아
빈속에 소주를 부어 버리면
문득 비둘기 정수리에 걸리는 달

남루해지지 말자, 남루하지는 말자

몇 번이나 다짐하며

비둘기 울음 500cc

입가심으로 황급히 수혈하면

내 어깨에 비둘기처럼 날개가 돋을까

별의별 생각을 다 했지만

생각은 생각 속에서

훌라후프 빙빙 돌아갈 뿐

포장마차는 오늘 밤도 떠나지 않는다.

▲ 시작 노트

　해가 바뀌어도 인간, 특히 소시민小市民의 삶은 변화에 무덤덤하다. 이 무료해진 일상에 한 잔 소주로 시름을 달래며 또 다른 내일을 꿈꾸어 본다. 평화로운 비둘기를 상위 포식자가 노리듯, 평범하다 못해 무료함에 지친 소시민조차도 그냥 두지 않는 냉혹한 세상이다. 발차하고 싶어도 연료가 될 만한 거리들이 없으니 새해에는 그런 거리가 많았으면 좋겠다. 일자리가 없어 젊은이가 일자리를 포기하고 실업자가 되는 그런 경우가 없었으면 좋겠다.

가을을 읽다

빨간 고추잠자리
맑은 쪽빛 하늘에
무슨 글자인지 쓰며 날아다닌다

지구를 한 바퀴 돌아온 바람
햇살에 눌린 잎사귀 흔들어대면
아름답게 물들기 시작하는 나뭇잎
찬 바람 싫다고 손사래 치다가
눈물도 없이 떨어지는데

수북이 쌓인 낙엽들이 남긴 말
시詩로 받아 적으며
시나브로 물들어가는 가을날에
괜스레 목이 메어
문자 보내던 핸드폰을 접고
붉게 타는 저녁놀
사슴처럼 멍하니 바라보는 나.

차 한 잔의 여유

계절의 속삭임에
늘 열려있는 하늘

햇살 머금고 물 빨아올리는
풀과 나무들

젊음처럼 푸르른 산과 들
생기를 더해주는 한낮의 소낙비

황금빛 들판의 풍요
부드러운 억새꽃 춤사위

아름다운 눈꽃
따끈한 차 한 잔의 여유

또 다른 계절이 바투* 다가와 있는데
먼 곳만 바라보는 나의 시선

* 바투 : 두 사물의 사이가 꽤 가깝게.

창^窓

아무것도 심지 못한 채
보내야 하는
우리의 봄은
왜 이리 짧은 것이냐

젊음보다 무성한
뜨거운 더위 속에서
또 다른 계절을 기다리며
다시 먼 곳을 바라보는데
얼마나 더 기다려야 하는가?

추수를 기다리는 들판
까치밥을 남긴 감나무
얼음장 밑을 흐르는 시냇물은
한겨울에도 물고기를 키웠다

세월만 탓하다가

가을걷이마저 잊고 사는 우리

아무것도 수확하지 못하고

세월만 보내다가

내 나이 들었음을

이제야 알게 되었네.

그 길

금방 끝날 것 같지 않은
어지러운 이 세상
근심 걱정 잊어보려고
그 길로 나갔다

스치고 지나가는 바람에
옷깃 흔들리듯
작은 풀잎 흔들리는
물향기수목원 그 길

파릇한 싹 돋아나는
그 길에서 만나는
풀잎 향기, 물 향기

오래전 일 다시 생각하며
좋았던 그 시절
되새김질하듯 걷는

우리 동네 물향기수목원

그 길을
한 바퀴 더 돌아보는 오늘.

* 물향기수목원 : 경기도립 물향기수목원은 경기도 오산시
수청동 일대에 있으며, 규모는 34ha이고, 예로부터 맑은
물이 흐르는 곳이라 하여 붙은 수청동水淸洞이란 지명에
서 명칭이 유래한다.

산사^{山寺}의 나그네

사슴 목처럼 길어진

산사의 달그림자

풍경風磬 소리 그윽할 때

풀숲에 맺히는 이슬

번뇌煩惱로 지새우는 밤

산까치 울어

아침은 오고

다시 길 떠날 채비하는

나는

삶의 나그네.

2부
아름다운 인생

그대 얼굴에 피는

환한 웃음꽃

세상에서 가장 아름다운 꽃

웃음꽃

청년의 꽃은 꿈과 열정

중년의 꽃은 긍정과 배려

노년의 꽃은 비움과 나눔

성품의 꽃은 용서와 겸손

인생의 꽃은 건강과 행복

우주의 꽃은 해와 달과 별

어미한테 태어나는 생명꽃

마음과 몸을 이어주는 사랑꽃

꽃 중의 으뜸은 웃음꽃

그대 얼굴에 피는

환한 웃음꽃

세상에서 가장 아름다운 꽃.

제비꽃

풀이라 외면하면

서러운 잡풀

꽃이라 사랑받으면

아름다운 풀꽃

큰 꽃은 대충 넘겨보지만

쪼그리고 앉아

가까이서 너를 본다

어린아이가 기도하는 듯한

너를 자세히 본다

잘났다 뽐내지도

못났다 숨지도 않고

작은 키 곧추세워

꽃을 피우니

그 이름 제비꽃에 내가 젖는다.

봄까치꽃

작고 너무 여려

자주 발에 밟히던 꽃

네 이름을 알고부터

너를 만나면 눈을 깊이 맞춘다

수줍은 연하늘빛

봄소식 전하며 빙그레 웃는

너, 비록 작지만

누가 볼품없다고 하겠느냐

누구라도 마음속에

큰 절 한 채 짓고 사는 세상

그 절 처마에 걸린

풍경風聲처럼

바람에 우는 봄까치꽃

작다고 기죽지 마라

목소리만큼은 봄까치처럼 큰지
누가 알랴, 너의 목소리.

토끼풀

안개 덮인 새벽
시골 버스정류장 옆 풀숲에서
세 잎, 네 잎 자라난 토끼풀

오래전, 아름답게 살자던 언약
책갈피에 눌려 편지지에 붙인 사연
뒤안길로 사라진 지 오래되었지만

꽃반지, 꽃팔찌는 불도장(火印)처럼
가운뎃손가락에, 손목에 추억으로 남아
오늘도 가슴을 덥혀주는데

세상사에 이지러져
빗장이 걸려 있는
내 마음에
행복과 행운을 전해주던 토끼풀

안개 자욱한

아침을 헤치고 오는

버스의 안개등 불빛이 환하다.

눈(目)

마음의 창

매력의 포인트

천 냥 몸 중 구백 냥

아름답고 소중한 눈에서

빛이 나고 눈물도 흐른다

때로는 가시를 세워

상대방을 찌르곤 하는데

그 눈에 찔린 나는

어찌해야 하는 건지

뒤돌아서 종일

발끝으로 땅만 파는데

길게 누운

지렁이 몇 마리

몸을 비틀고 있다.

바람 소리

쓸쓸함이

밀려오는 깊은 밤

창문 두드리는 바람 소리

추억처럼 아득한데

온누리 비추는 둥근달

부초浮草처럼

덧없는 인생을

핑계로 우는

누가 날 흉볼 일 없는

홀로 남은 이 쓸쓸함

그래도

나의 하루는 언제나 끔끔하다.*

* 끔끔하다 : 끔찍하게 생각하다.

고봉밥

철들자 노망^{老妄}
어쩌다 넘은 60고개
점점 꺼져가는 불꽃

육체는 재티만 남기고
한 줌 흙이 되고
영혼은 하늘로 오르는
한 모금 연기로 사라진다

창문으로 엿보는 달빛에 홀려
바깥으로 나와
길게 누운 내 그림자 부여잡고
지난 세월 마디마디 서러워서
회한^{悔恨}에 젖어 우는 밤

이 쓸쓸한 밤의 달빛
그 옛날 고봉밥보다도 푸짐하다.

커피

커피는 마시는 것보다
그 향에 빠져
그 향에 취해 당신을 기다리면
그냥 행복합니다

진한 향과 함께 올라오는
훈훈한 김처럼
들고나는 문을 밀치고 들어설
마냥 정다운 당신 때문입니다

헛것이라도 본 것일까요?
금방이라도 환하게 웃으면서
성큼성큼 다가올 당신 생각에
그냥 행복한 기다림

잠시 떨어져 있을지라도
곧 올 것임을 알기에

쓰되 쓰지 않은 커피 맛은

마냥 아름다운 당신 때문입니다.

아름다운 인생

즐기며

열정으로 일하면

일한 만큼

채워지는 행복

도우며

참 맘으로 베풀면

베푼 만큼

비워지는 불행.

▲ 시작 노트

우리는 일한다. 그래서 이 세상에 존재할 이유가 있다. '피할 수 없으면 즐기라'는 말이 있듯이 내 땀, 내 노동을 대가로 받으면 받은 만큼 쌓이는 나의 행복이 있다. 그렇게 어렵게 얻은 것을 주위의 어려운 이웃을 위해 퍼주면 받는 이의 불행은 반절로 줄어든다. '곳간에서 인심 난다'는 말처럼….

아름다운 마무리

온누리에 내려앉은 저녁놀

처음으로 맛본 사과 생각이 나

내 나이 열여덟은

다디단 아까시꽃의 유혹에 흔들렸던 시절

열아홉엔 주먹다짐을 하다가

결국엔 펑펑, 노을을 쏟고서야

짜디짠 눈물맛을 알게 되었네

사과와 아까시꽃과 노을까지 먹었으니

나는 이미

내 일생一生을 맛본 셈이네

이제 나는 알게 되었네

사과와 아까시꽃과 눈물 모두는

마무리를 위한 아름다운

반항이었다는 것을……

어머니는 나를 키우기 위해

나를 둥근 항아리에

버무려 넣으시고

사계절 동안 숙성시키려

두 손으로 꾹꾹 눌러 놓았음도

이제 알게 되었네.

내 마음의 나이테

자신을 희생한다는 것은

둥글어지는 일이다

제 몸을 내어 그늘의 시원함을 주는

나무가 그렇고

자기 몸을 녹여

어둠을 밝히는 촛불이 그렇다

내 마음, 내 몸으로 애써 가꾼

애호박 한 개, 상추 한 줌

부추전 한 접시

나누었을 뿐인데…

받은 사람들 입가에 걸려있는

천 장, 만 잎의 웃음

그 모습이 아름답다고 느낀 순간

내 마음 나이테로

조용히 맑은 수액이 올라온다.

행복 바이러스

노래 잘하는 이는 화음 고른 목청으로

시낭송가는 낭만적인 분위기의 목소리로

미용사는 덥수룩한 머리를 사랑의 가위손으로

목수는 허름한 집을 살만한 집으로

의사는 인술을 베풀며

재능과 재물 서로 나누고

외로운 마음에 난 생채기까지

어루만지고 보듬어 주는 세상

내 힘, 내 땀으로 정성껏 마련한

쌀 한 포대, 배추김치 한 통, 연탄 백 장

소주 한 잔 덜 마시고 아낀 만 원 한 장

조건 없이 건넸을 뿐인데, 그것으로

배고픔을 덮는 사람도 있고

잃었던 입맛 되찾은 사람도 있으며

술에 설움 타 마시던 사람이

힘들었던 어제의 고통 이겨내고

활짝 웃는 오늘 맞이했다는데…

꽃보다 아름답게 더불어 살아가는 우리

내 안의 나이테에 행복 바이러스 번지나니

없으면 없는 대로

있으면 있는 대로

나누고 베풀면 기쁨이고 행복이다.

웃음 바이러스

개미처럼 부지런히 일하여 모은 재물
아무런 대가도 없이 나누어주며
나눔은 마땅한 도리라고 여기는 사람들
감나무에 까치밥 남겨 산새들 배려하듯
칭찬을 바라지 않으면서 땀 흘려 봉사하는 사람들

채소 팔아 무료 급식소 4군데나 운영하는 평택 유수봉 할아버지
잣 농사 지어 아너 소사이어티* 회원에 가입한 가평 민융기 할아버지
쓰촨성 지진 때 휠체어를 타고 하루 13시간씩 자원봉사한 중국의 동밍
1만~2만 시간 봉사로 적십자 최고 훈장 받은 이경분, 황인해, 유진영 할머니
30년간 2만7천 시간, 봉사를 만병통치약이라고 여기는 대구의 지부자 할머니
35년째 구두 닦아 교통정리 봉사와 장학금 내놓는

까만 손의 장인 경기도 광주시의 박일등 님

　구순(96세) 나이에 웃음 바이러스 전파하던 일요일의 남자, 인간문화재 고故 송해 오빠

　하늘과 맞닿은 인도 라다크 지역 오지奧地에서 달라이라마 제자로 31년 수행·봉사를 실천하고 귀국한 히말라야 산타 청전 스님

　못 배운 사람, 못 가진 사람의 어머니였던 성인聖人 고故 마더 테레사 수녀님

　'사방 1백리 안에 굶는 사람이 없게 하라'는 가훈을 지키며 살았던 경주 최부잣집 사람들

　네팔 오지에 '희망 베이스캠프' 차린 나마스테 코리아 봉사단*

　세월호 침몰 사고 때 활동한 5만 7천 명의 자원봉사자

　헤비타트에서 집짓기 봉사활동을 하는 92세의 지미 카터 전 미국 대통령

가진 것 없어도 마음만은 부자다

남을 위해 살면 재미가 난다

마음과 지갑을 비우면 비울수록 행복이 채워진다

나눔 실천은 가진 것이나 나이와는 아무 상관없다

기부자들, 봉사자들

듣기만 하여도 보기만 하여도

내 마음 나이테에 세로토닌*이 솟는다.

* 아너 소사이어티(honor society) : 1억 이상 고액 기부자
    모임.
* 나마스테(Namaste) : 인도의 인사말로 '당신을 존중합니
    다'라는 뜻.
* 나마스테 코리아 : 외교통상부 등록 비영리단체로 히말라
    야 문화연구소를 통해 네팔과의 교류, 협력과 함께
    우리 문화의 세계 알리기를 주도하는 단체.
* 세로토닌 : 행복을 느끼는 뇌신경 전달 물질 중 하나. 행복
    · 장수 호르몬.

주춧돌

내 인생 문학의 바닷길에서 만나 같은 배를 타고
긴 항해를 하며 옷깃 스쳐 간 수많은 사람

글쓰기에 눈을 뜨게 해 준 중학교 때 국어 선생님
유 선 시조시인
척박한 오산 땅에 문학의 뿌리를 깊게 내린 시인
조석구 문학박사
후배와 제자를 큰 사랑으로 안아준 '사랑의 팡세'
고故 김대규 시인
첫사랑 여인을 못 잊어 시로 승화시킨 고故 백규
현 시인
정신적인 양식의 글로 무소유의 청빈함을 일깨워
준 고故 법정 스님

고교 시절에 첫 시집을 출간하고 해박한 예술이론
을 바탕으로 오산문화의 터전을 다진 시인 최병기
동네 사는 아저씨처럼 자상하고 든든한 '밥 잘 사'

는 시인 김선우

시 낭송으로 재능을 기부하는 시낭송가 남기선, 정인성, 오순옥

시를 잘 외우고 톡톡 튀는 시상으로 시조를 쓰는 재간둥이 시인 서정택

'나는 왕이로소이다' 홍사용 시인에 푹 빠졌던 시인 이원규

동화구연과 시 낭송으로 어린이와 어른과 만나는 동화구연가 이경량

시누이가 보육원에 버린 조카를 유치원부터 대학까지 가르친 문인 김옥환

받기보다는 퍼주기를 좋아하는 나눔과 베풂의 달인 수필가 공란식

'월드비전'에, 소년소녀가정에 10년 넘게 후원하고 있는 편지가족 고의순

로터리클럽, 적십자 봉사회에서 꾸준하게 활동하

는 시인 홍승갑

학생들에겐 장학금, 소외된 이웃들에겐 나눔을 생활화하는 시낭송가이자 공학박사 윤영화

행복을 나르는 시골 할머니 할아버지의 심부름꾼 집배원 전남 보성의 류상진 수필가

어린이 후원 재단 '초록우산'에 거액을 기부한 신경숙 소설가

중증 장애인이지만 장애 문인들의 큰 울림을 만들어 내는 '솟대문학' 발행인 방귀희 여사

이웃집 형님처럼, 오빠처럼 푸근한 교장선생님 출신의 서각 재능기부자 김도성(김용복) 작가

나눔은 씨앗 뿌리는 일이라며 20년 전부터 난치병 어린이를 돕는 불교방송 DJ이자 힐링 멘토 정목 스님

쉽고 진솔한 언어로 담백한 시를 쓰는 하늘이 내

린 시인 이해인 수녀님

　이기적으로 산 삶을 반성하면서 원불교 박청수 교무의 봉사활동비를 매년 보냈던 고故 박완서 소설가

　자신에겐 철저하게 인색해도 타인에겐 한없이 너그러운

　재능 또는 재물을 아낌없이 퍼주는

　문학이라는 내 인생, 세월의 나이테에 감동의 선물을 준 아름다운 문학인들.

내 이름 묻지 마세요

고생해서 번 돈 좋은 일에 써야 하고
오른손이 하는 일 왼손도 모르게 하고

'그저 보탬 되고 싶었다'며 2억 원을 조용히 기부
한 제주의 감귤 농민 김춘보 님
'나보다 더 배고픈 사람 도와주라'면서 폐지 모은
돈 백만 원 기부한 86세의 권계란 할머니
셋방만 살아오면서도 20년간 적금 넣어 1억 원을
내놓으신 77세의 허위덕 할머니

살았을 때 못다 한 기부를 양아들과 비서실장이
채워(1억 원) 고인이 된 지 5년 만에 아너 소사이어티
회원이 된 패션디자이너 앙드레 김
12년간 월급 모은 1억 원을 기부한 68세의 학교 경
비원 김방락 씨
'집 살 때 빼고 가장 큰돈 썼지만 좋다'며 1억 원을
내 1676호로 아너 소사이어티에 가입한 반기문 전 유

엔 사무총장

2011년부터 10년간 크리스마스를 앞두고 10억 원이 넘는 돈을 기부하고도 이름도 안 밝히다 10년 만에 이름을 밝힌, 아너 소사이어티 가입도 거절하는 대구의 70대 개인 사업가 '키다리 아저씨' 박무근 씨

평생을 가난한 사람 주치의로 봉사해온 '봉천동 슈바이처' 의사 윤주홍 님

'나의 기부를 알리지 말라'며 현금, 과일, 쌀을 두고 가는 얼굴 안 밝히는 천사들

구세군 자선냄비에 돈, 금붙이, 헌혈 증서를 넣는 '이름은 묻지 마세요' 천사들

홀몸 노인을 위해 써달라며 이름도 안 밝히고 29억 원을 쾌척한 재일 교포

손금이 다 닳도록 김밥 말아 어린이들을 위해서 쓴 저커버그 52조보다 값진 3억 원의 박춘자 할머니

쌀 2톤씩 18년째 기부하는 대전의 71세 농부 류지
현 할아버지

일부러 잔돈 만들어 7년 동안 2,400만 원을 한국
기아대책기구에 기부한 서울의 중소기업인 박성일
님
사회복지공동모금회에 50억 원을 기부하여 아너
소사이어티 최고액 기부자가 된 '우아한형제들' 대표
김봉진 님

여섯 살에 데뷔, 열여섯부터 자선공연, 지금까지
200억 원을 넘게 기부하고 지금도 큰 공연마다 천만
원씩 기부하는 가수 하춘화
심장재단에 콘서트 수익금 24억 원을 출연했고 지
금도 공연 수익금을 소아암 어린이와 가정 형편이 어
려운 학생을 지원하는 한국 가요계의 살아있는 전설,
가왕歌王 조용필

기부는 나와 우리의 행복

봉사는 나와 나라의 행복

내가 번 돈, 내가 받은 사랑, 아낌없이 아쉬움 없이

이웃과 사회에 되돌려 주었더니

내 마음 나이테로 돌아온 것은 행복

이런 일보다 더 좋은 일이 또 있을까?

혼자서는 숲이 될 수 없다

받을 생각 안 하는 어버이가 자식에게 주기만 하듯
제 몸을 겨우살이에, 버섯에, 새들에, 사람들에게
아낌없이 내어주는 나무처럼
암꽃 수꽃을 맺어주고 꽃가루와 꿀을 주며 일만
하는 꿀벌처럼

과일 한 개, 생선 한 마리, 고기 한 근, 안 사 먹으
며 모은 돈으로 책을 사서 나눠 주신 서울의 젓갈 할
머니 유양선
장학금을 쾌척하신 경남 함양의 염소 할머니 정갑연
자선단체에 38년째 기부한다는 서울의 구두 미화원
생활보조금을 성금으로 내놓고 하늘로 가신 위안
부 할머니
버는 것의 대부분을 기부하고 기부를 위해 노래하
는 가수 김장훈

10년째 주꾸미 팔아 이웃집 쌀독 몰래 채운 할머니

나정순

　콩나물 팔아 마련한 4억 5천만 원짜리 집을 장학
재단에 기증한 안양의 할머니 이복희

　1억 원을 기부하고 이름을 안 밝힌 청주의 노점상
할머니

　'사랑의 열매'로 1억 원을 송금하고 얼굴을 감춘 전
북의 독지가

　지게 일로 이웃 돕고 나누는 설악산 지게꾼 42년
속초의 임기종 님

　'천원식당' 열어 사랑을 실천했던 암 환자 광주의
고故 김선자 할머니

　'자선냄비'에 5년째 1억 원씩을 넣은 서울 양천구
신월동 아시아종합타일상사 이상락 대표님

　폐지 주워 매월 '아름다운재단'에 1만 원씩 내는
'작지만 큰 정성' 조명자 할머니

　가난해도 나눌 순 있다며 돼지저금통을 내놓는 노

점상 김태수 님

　풀빵 팔며 자투리 동전 모아 17년째 이웃사랑을 실천하는 충북 영동군 중앙시장의 이문희 님

　평생 모은 금 330돈을 기부한 기초생활보장 수급자 한정자 할머니

　네팔 오지마을에 16개 학교(휴먼스쿨)를 세우고 있는 세계 최초 히말라야 16좌 등정 신화 엄홍길 등반대장

　55개 나라를 돌며 150억 원어치의 돈과 물품으로 봉사의 땀방울을 흘린 원불교 박청수 교무

　남수단에서 '가난한 이들의 친구'로 헌신적인 삶을 살다 간 고故 이태석 신부님

　교도소 찾아 500여 명의 사형수에게 법문法文을 들려준 죄와 벌, 사형수와 참회의 대명사 삼중 스님

자기 자신을 위해 쓰는 돈은 아까워도

남을 돕는 데 쓰는 돈은 아깝지 않다는

큰 나무도 혼자서는 숲이 될 수 없다며

더불어 사는 행복을 일깨워준

내 마음 나이테 명예의 전당에

기부천사라는 이름으로 새겨진 진짜 천사들.

3부

어머니의 뜨락

하고 많은 말 중에서

가장 빛나는 아름다운 이름

아름다운 이름

부족하면 부족한 대로
넘치면 넘치는 대로
더불어 살아가라고
지혜 주시는

내가 슬프면
나보다 더 슬퍼하고
내가 기쁘면
나보다 더 기뻐하시며

가진 것, 귀한 것
전부 퍼주고도
"더 필요한 거 없니?"
물으시는

하고 많은 말 중에서
가장 빛나는 아름다운 이름
그분, 누구일까요?

호미의 인생론

삶은 끝내
날 세운 호미였던가
흙 파듯 내 가슴
가로세로 파헤치고 있네
그 속에서도
추억은 아름답게 남아
갈아엎은 삶의 이랑마다
까만 콩을 심고 있네.

호미

감자 캐며 이랑 파헤치는 어머니

앞산만큼 높아진 근심

이랑 무너져 내린 만큼

닳아진 호미 끝, 차오르는 달

콩 싹처럼 자그마한 아이 여럿

황소처럼 먹성 좋은 그 배고픔 달래주랴

자갈에 손톱 긁혀 빠진 줄도 모르고

흰 옷깃 쑥물 들어

찔레처럼 사신 어머니

어제는 어머니 산소에 가려고

장날도 아닌 무싯날*에

시장에 나가 사 온

호미 한 자루

이제야 찾아보는

들꽃마저 외면한 따비밭*

악보 음보 없어도

애절하게 우는 풀무치 울음

가만히 귀 기울여 옮겨 듣는

어머니 닮아가는 내 발자국

장날도 아닌데 시장에 나가 산

호미 한 자루.

* 무싯날 : 5일장이 서지 않는 평일.
* 따비밭 : 쟁기나 소가 들어가지 못하여 삽과 곡괭이로 일
　　　군 거칠고 작은 밭.

어머니의 뜨락

정화수井華水에

간절함이 녹아있는

뒤란의 장독대

광*의 술독에 가득

술 담그시려는지

사락사락

지에쌀* 이는 소리

설움에 겹도록

흰 눈이 내려

쌓인 데 또 쌓이던

어머니의 뜨락.

* 광 : 방 안에 보관하기 어려운 각종 물품을 넣어 두기 위
　해서 바깥에 따로 만들어 두는 창고. 주로 음식 재료
　나 각종 생활 용구, 쓰지 않는 세간 따위를 보관한다.
* 지에쌀 : 술 담글 용도로 쓰는 쌀.

어머니의 벚꽃

꽃망울 터지는가 싶더니

어머니 시린 마음처럼

길 위로 자욱하게

떨어지는 꽃잎을 보니

내 마음도 조바심을 칩니다

저 멀리 흔들거리며 손짓하는 아지랑이

다가설수록 자꾸 멀어져 가듯

이제는, 아들 눈에 밟히는

희미한 어머니의 그림자

아득한 어린 날

강이 보이는 언덕배기에 올랐던

그 어느 날이었던가요

어머니는 물줄기를 마냥 바라보고 계셨지요

당신의 푼푼한* 품속에서 칭얼대던 나는

그때 아무것도 모르고 단잠에 빠져들었지만요

세상이 온통 봄물로 가득 차

꽃잎들은 바람 타고 놀다가 헛발 디뎌

허공을 몇 바퀴 돌다가 땅 위로 떨어지는데

아무리 둘러봐도

오간 데 없는 어머니

내 마음도 떨어진 꽃잎처럼

어머니 가신 길 위에 눕고 싶은

지금은 화사한 봄날입니다.

* 푼푼한 : 모자람이 없이 넉넉한.

어머니의 원추리

거친 땅속 깊숙이 뿌리 내리고
아득한 하늘 우러러보며
한 줄기 햇살에도
팽이 돌듯 서 있던 당신
잊지 못할 지난날의 기억들이
눈물 속에 아른거립니다

밤낮으로 키를 세우며
가는 대궁 끝에
들불처럼 타오르는 여린 꽃잎
밖으로만 떠돌던 그런 날에도
당신은 나를 기다리는
웅숭깊은* 우물가에 핀 꽃나무였습니다

어머니!
내게 그랬듯이 평생 갚아도
다 못 달랠 당신의 설움

산그늘 홀로 지키며

두 손 모아 켜든 촛불처럼

바람도 긴 꼬리 사리는

밤에는 더 잘 보이는

어머니의 원추리.

* 웅숭깊은 : 매우 깊고 넓은.

어머니의 밥상

이 강 저 강
그 강 건너고 싶을 때
상추처럼 연한 그리움
고추장 넣고 비빕니다
주발에 담긴 고봉밥처럼
따스했던 어머니의 손길

저 건너 강나루에
우체통인 듯 앉아있는
등 젖은 한 사내의 그림자
달빛 곱게 다려 입은 가을
어머니를 기다리는 아버지 모습

주발에 놋수저 부딪치는 소리
기차의 기적처럼 길게 웁니다
그참*에 깜짝 놀란 뭇별들
억새꽃처럼 하얗게 부서지며

내 가슴속으로 가득 쌓일 때

다섯 손가락 옹그려
젓가락 잡듯 볼펜을 잡고
천 일에 또 천 일을 더해도 모자랄
사모의 긴 편지를 올립니다.

* 그참 : '그때'의 사투리(방언方言).

할미꽃

그 꽃이 피었더냐

나 본 듯하더냐

바구니에 황새냉이

겨우 절반 담았는데

꽃상여 타고 가신 어머니

조곤조곤 내게 묻는

서낭당 밭머리

다복솔 봉분 위에

고개 숙인 할미꽃

성냥골 무릎 꿇어

백팔 번 절하시던 어머니

정화수 백일치성 끝에 핀

부처님이 내려주신

아름다운 꽃.

찔레꽃

할머니가 나물 캘 곳 찾아 나선 건

새 몇 마리 새빨간 찔레 열매를

쪼아대고 있을 때였다

찔레가 할머니의 반달 같은 손톱 안쪽에

뾰족한 가시를 찔러 넣었을 때, 심장은

비포장도로를 지나는 마차 바퀴처럼

울퉁불퉁 하루하루 삶도 흔들렸다

얇은 메스보다도 더 날카로운

찔레 가시는

가늘어져 버린 손끝을

끊어낼 듯 갉아먹고 있었는데

어느 순간 걸음을 멈추었을까

할머니를 찌른 찔레 가시들은

개미지옥 같아서 길게 늘인 혓바닥으로

할머니의 위태로운 삶을

날름거리며 빨아들이곤 했다

그리고는 아무 이야기도 해주지 않았다

올해도 창밖 너머 하얗게 핀 찔레꽃
할머니에게 그러했듯
누군가의 손톱 안쪽을 뜯어내기 위해
새파랗게 날을 갈며 기다린다.

▲ 시 감상평

　이 시에는 할머니의 삶이 투영돼 있다. 첫머리는 자식들을 키우는 과정이며, 중간으로 넘어가면서 세상살이의 고통과 고난의 기록도 보인다. 마음에 꺼림칙하게 걸리는 무엇이 '손톱 밑 가시'다. 개미지옥 같은 세상, 아직도 날을 세운 가시들이 곳곳에 도사리고 있어 무섭다.　　　　　　　　　　-경암 이원규

사진첩을 넘기며

– 외할머니 생각

밭이랑에 새싹 돋아나면

손길 닿는 곳마다

다짐 주시던 외할머니 뜻대로

생명 있는 것들은 뿌리내리고

잎새마다 가지마다 영글던 사연

남새 소쿠리에 담아

시시때때로 맡아보고

꺾어 입에 무는 장다리 꽃대궁

그리운 외할머니, 내 어머니 생각

바람이 산을 휘돌 때

강물은 출렁이며 바다로 흘러

그 깊고 깊은 마음속

다시 갈 수도 볼 수도 없지만

사진첩을 넘길 때면 되살아나는

우리네 어머니 모습

산은 강으로 뿌리내리고

강물은 바다로 갔다가 하늘로 올라

다시 산으로 돌아와

그 틈에 튼실하고 듬직하게 자란

우리들 보셔요, 참 신통하지요?

이젠 좀 편히 쉬셔요, 어머니

어머니의 어머니!

순리|順理

– 큰누나 삶을 마감

강산은 제멋대로 변해도

탄생의 축복이 있는가 하면

죽음의 슬픔도 있어

살아야 한다는 본능으로

희망의 끈 모질게 잡았는데

목숨 가진 모든 것들이 그러하듯

끝내 흙으로 돌아가는 자연의 순리

세상은 제멋대로 돌아도

변하지 않은 것은 어머니 마음

옷고름 잡고 울어도 뿌리치고

끝끝내 찍고 말았던 인생의 마침표

남들은 호상好喪이라며 덕담하지만

큰누나 영정 바라보니

문득, 앞서가신 어머니 생각

하늘이 부른다면서 가신 지

바로 엊그제 같은데……

이 세상 수많은 복 중에서
일복만 타고나셨던 큰누나마저
오늘, 울 엄니 계신 하늘나라로
주소를 옮겨 별이 되었네.

어머니 생각 · 1
– 한 많은 인고忍苦의 세월

뎅 뎅, 벽시계
두 번을 치던 깊은 밤
1987년 9월 스무이렛날
뒤척뒤척 악몽에 시달릴 때
요란스레 울리는 전화벨 소리
가슴 철렁하는 불길한 예감

가물가물 들리는
아아, 어머니 운명하셨다는
통한의 소식

아, 이럴 수가?
가족들의 정성 어린 약석藥石*도
형수와 아내의 헌신적 병구완도
무서운 암에는 어쩔 수 없는가

살을 깎는 그 아픔 견디시며

암 투병 1년여

아예 고향을 사양하시더니

마지막 머문 고향 집 사흘

임종을 못 지킨

이 천추의 불효

달려가 꿇어앉아

가슴이 터질 듯이 불러보아도

울다 울다 목이 메어도

풀 길 없는 이 절절한 마음

요령 소리 따라서

꽃상여에 실려 떠나시는 길

"어질던 큰어머니! 왜 가시는가요?"

어깨를 들먹이며 황소처럼 울던 사촌 형

서낭댕이골 밭머리

먼저 가신 아버지 곁으로 가시는

마지막 하관의 오열

때마침 퍼붓던 소낙비 맞으면서

하늘나라 가신 어머니

가지 많은 나무

바람 잘 날 없었던 인고의 시간

부귀富貴도 모르고

영화榮華도 멀었던

일에 묻혀 사신 일흔일곱 해

어머니! 어머니!

아무리 불러 보아도

세상이 골백번 바뀌어도

영영 다시 뵐 수 없는 어머니

이 불효자 가슴 찢으며

밤새워 울어도

땅을 치며 통곡하고

발을 굴러 외쳐도

오시지 않을 사랑했던 어머니

내 어머니

아아, 우리 어머니!

* 약석 : 약과 침이라는 뜻으로, 여러 가지 약을 통틀어 이
　　　르는 말.

어머니 생각 · 2
– 가슴에 묻은 아들

돈 벌어 오겠다고
열여덟에 객지로 나가
소식 없는 다섯째 아들
약주만 드시면
생이별은 있을 수 없다고
그 아들 잊지 못해
눈시울 붉히시던 어머니

부모는 청산에 묻지만
자식은 가슴에 묻는다고
행여나 나타날까 봐
동구 밖 향해 눈길 주시며
눈도 못 감고 돌아가신
그 아픔, 그 한恨
제가 압니다, 어머니!

어머니 생각 · 3

— 성묫길

소싯적 꿈을 키우며 자란

고향 어귀에 다다르면

마중 나온 바람이

부모님 사랑처럼 온몸을 감쌉니다

살아가기 바쁘다는 핑계로

가뭄에 콩 나듯 찾아뵈니

죄스러운 마음으로 큰절 올립니다

아버지가 소 몰며 쟁기로 밭 갈면

새참 내오시던 어머니

그 서낭댕이골 밭머리에

생시처럼 다정하게 누워 계신 부모님

평생 다툼 한번 없어

금실 좋기로 소문났는데

먼저 가신 아버지

16년 만에 어머니 만나셨으니
하늘나라에서 얼마나 반가웠을까?

숨바꼭질하던 느티나무 지나
고향 떠나올 때
등 뒤에서 부는 바람은
부모님 온기溫氣처럼 살갑습니다.

어머니 생각 · 4

– 비몽사몽非夢似夢

어젯밤

꿈인지 생시인지

어머니 뵙고

바보천치처럼

온종일

어머니 찾아 헤맸다.

어머니 생각 · 5
– 생로병사生老病死의 가족사

탄생 – 모두가 축복

인생 – 만남과 헤어짐

죽음 – 누구도 피해 갈 수 없는 길

열여덟 나이에 집 나가 행방 감춘 다섯째 형

회갑 전전날 저세상 가신 아버지

열아홉 생때같은 나이로 떠난 생질甥姪

실명失明을 비관하여 스스로 삶을 마감한 넷째 형

고혈압으로 쓰러진 둘째 형, 큰형수

일흔일곱의 일기로 돌아가신 어머니

어머니 산소에 마지막 떼 입히며

인생의 덧없음에 서러워 울었는데

수원 살던 넷째 매형 불혹不惑에 급사急死

오산 살던 여섯째 형은 마흔다섯에

고향 지키던 큰형, 예순아홉에 저승길 택하고

엄마처럼 의지했던 셋째 누나마저 파킨슨병으로 작고

아홉 살 서러운 나이에 친어머니 잃은 아내

마흔여섯 살에 친정 새어머니마저 잃고

쉰두 살 때, 여든아홉 일기로 친정아버지도 하늘
나라

우리 부부도 한 줌 재가 되고 흙이 되어

뒤따라갈 몸

살았을 때……

살았을 때……

어머니 생각 · 6
– 호박잎쌈

더위에 입맛 잃었다고
아내가 아침상에
살짝 데친 호박잎을 올렸다

어머니가 즐겨 잡수시던

쌈

먼 길 되돌아와
내 밥상 위에 앉은
호박잎을 보며
난, 그만 눈물을 삼켰다.

어머니 생각 · 7

― 죄인

삼계三界 큰 스승이자

사생四生의 어버이 부처님

지구촌에 오신 음력 사월 초파일

용주사* 부모은중경 탑

두 손 모아 참회하고 발원하는

탑돌이 중생衆生들 속

직수구린* 채 고개 들지 못한 죄인

'태에 실어 보호하는 은혜

해산할 때 고통받은 은혜

아기 낳고 근심을 잊은 은혜

쓴 것 삼키고 단 것 받아 먹여준 은혜

마른자리 아기 뉘고 젖은 데로 눕는 은혜

젖 먹여 양육하신 은혜

똥오줌 가려주신 은혜

먼 길 가면 걱정하는 은혜

자식을 위해 애쓰는 은혜

끝까지 사랑하신 은혜’

말로만 들었던

글로만 읽었던

부처님 말씀마다

방점傍點을 찍고 또 찍으며

자식 낳아 키우다 보니

부모님 은공 알게 되고

떠나신 뒤 한참 지나

끝없는 사랑 깨달았으니

하늘땅만큼 높고 넓은

그 은혜 갚을 길 없어

천 갈래, 만 갈래 찢어지는 이 가슴.

* 용주사 : 대한불교조계종 제2교구 본사. 854년(문성왕 16)
　　에 창건하여 952년(광종 3)에 소실된 갈양사葛陽
　　寺의 옛터에 창건된 사찰(경기도 화성시 용주로
　　136, 화산에 있는 절).

* 직수구린 : 직각으로 숙인의 사투리.

어머니 생각 · 8

\- 조바심

눈에 넣어도 아프지 않다며

금이야 옥이야 키운 자식들

나갔다 돌아올 때

퇴근 시간 조금만 늦어도

대문 앞으로 나와

기다리시던

어머니.

신^神의 선물

앞으로

옛날에

가장 아름다웠던 여인은

사진 한 장 못 남기고

내가 태어나기도 전에 돌아가셔서

얼굴도 알 수 없는 우리 할머니

그리고

마흔여섯에 늦둥이로 날 낳으시고

일흔일곱에 하늘로 가신 어머니

지금

가장 아름다운 여인은

때론 티격태격 때론 알콩달콩

나와 함께 낮과 밤 씨름하지만

신이 선물로 내린

손맛 좋고 마음씨 고운 아내

앞으로

가장 아름다울 여인은

21세기 지구촌을 무대로 꿈을 펼칠

아들의 동반자 되어 깨가 쏟아질 며느리

할아버지인 내 볼에 뽀뽀해 줄

그 며느리가 낳을 귀염둥이 손녀

이런 생각만 해도

입꼬리가 저절로 올라간다.

주격

김치찌개 구수한 훈김

잉크의 얼룩으로 범벅이 된

원고지 한 귀퉁이를 어루만진다

졸음을 참지 못하는 내게 다가온 아내는

손바닥으로 내 등판을 두드렸다

졸음은 쉽게 달아나지 않았고

감긴 속눈썹 사이로 잉크 냄새만 번졌다

잉크 냄새에 취한 나를 보며 아내는

숟가락을 챙겨놓았지만

내 졸음은 가시질 않았다

마감이 덜 된 졸음을 쫓아내려고

나는 성냥을 그어댔다

미처 깨지 못한 잠이 화들짝 쓸려나갔다

내 졸음의 몇 걸음쯤 뒤에서 아내는

찌개를 끓이고 있었던 것일까

아내의 손맛이 한 번 더 첨가된 김치찌개

오늘도 내가 쓴 시는 밥이 되지 못했지만

아내는 둥근 주걱이 되어

고슬고슬한 밥과 찌개를

밥상 위에 척 올렸다.

▲ 시 감상평

　모든 시인의 희망 사항은 '맛있는 시'를 쓰는 것이다. '맛있는 시'는 '좋은 시'도 되겠지만, 누구나 즐기는 '밥'이나 '찌개'처럼 맛깔 나는 시이다. 이 시는 시인과 시인의 아내가 등장해서 시 창작의 고뇌를 토로하는 진술 시이다. 이 시는 아내에게 바치는 헌시獻詩이다. 예전에 발표했던 시와는 구조와 형식부터 달라진 시 창작의 확실한 변신이다. 　　　　　－ 경암 이원규

아내의 지우개

서랍을 여니
구석으로
또르르 굴러가는 지우개
본래 네모였을 텐데
세월의 무게 지우느라
둥글둥글 모서리 닳았다

손바닥에 지우개를 올려놓고
이리저리 굴리다가
아차 하는 순간
바닥으로 떨어뜨렸다

통통 튀어 오른 지우개
지구의 자전 속도보다 더 빠르게
싱크대 앞으로 굴러가더니
설거지하던 아내의 발뒤꿈치를
툭 치고는 이내 멈추어 섰다

아직도 세상과 타협하지 못하여
지우고 또 지우는 나를
오디처럼 탱글탱글 여문 눈빛으로
곱게 흘기는 아내

내 삶은 연필과 지우개만으로도
자유로운 삶이었지만
아내는 내게서 떨어져 나온
수북한 지우개 똥을 치우느라
물기 마를 새 없는 행주였을 것이다.

4부
아름다운 5060

나직이 내려앉은 별빛처럼

방방곡곡

사연 전하는

우리네 향기입니다

노년의 향기

가느다란 손목처럼

나눗셈한 참대 줄기

청년 중년 지나

노년에도

아름답게 피는

들국화 닮은

하얀 꽃잎 향기입니다

입김 불면 날아갈 듯한

감꽃만 한 생애들이

대롱 내민 용마루

나직이 내려앉은 별빛처럼

방방곡곡

사연 전하는

우리네 향기입니다.

그대여

비 그친 언덕 너머
웅크려 앉은 풀꽃 같은 그대여!
이 가을에는 고국으로 오세요
함부로 말할 수 없는 귀 익은 사투리에
엎드려 눈이 붉은 들꽃처럼
그대를 반겨 맞으리니

세월이 억새밭처럼 서걱대는 강가에
청둥오리 한 쌍 날아들면
샛노란 잎사귀를 떨구는 은행나무
그 아래 낯선 구두처럼 시골길을 걸으며
천연색으로 물들어가는 시월 같은
그런 시詩를 낭송해 주세요

빙그르르 도는 게 물레방아만은 아닙니다
푸른 시절의 추억이 흥건하게 살아있는
앞산 덩그런 봉우리 너머

저녁노을 붉게 타는 고향 산천

쟁반처럼 둥근달이
이 밤 홀로 떠가는 길목
달과 어깨 마주 기댄 별처럼
우리의 첫 대면, 익숙한 동행 그 길에
들국화 향기 환하겠지요.

여자

분꽃처럼 순박한 여자

바람 따라 갈대처럼 흔들리는 여자

사슴처럼 슬퍼 보이는 여자

보석처럼 빛나는 여자

언제나 자수정 같은

하늘을 이고 산다

사랑이 봄날의 바람처럼

알게 모르게 다가오듯

우리 곁으로 다가온 여자

어제는 작은 추억을 만들었고

오늘은 눈이 부시게 감사하며

내일이라는 미래를 걷는 여자

데킬라 몇 잔에 취해

연하의 남자와 포옹한 여자

첫 대면의 어색한 포옹에

엉덩이를 빼던 여자

그러나 오랜 시간이 흘러

그 순간을

후회하며 사는 여자

미국보리* 마님의 마음은

가을빛처럼 아름답다.

* 미국보리 : 인터넷 카페 '아름다운 5060'에서 '미국보리'라
　　　는 닉네임을 사용하는 64세의 한국 교포 이*희 여
　　　사.

17층 공든 탑

– '아름다운 5060' 인터넷 카페 창립 17주년 축시

사오십 대가 수런대며 지나간 후

새로 맞이한 육칠십 대는

어머니가 씻어 올린 노란 배추 속잎

잘 익은 김장김치 맛처럼

아삭아삭 씹히며

펼쳐진 한 뼘 길이의 지난 시간을 걷습니다

낚아 올린

어린 날의 강에 흐르는 지난 일들이

어제인 듯 선명한데

우리는 다시

버들꽃 환히 필 거라는 벅찬 기대를 안고

언덕배기를 오릅니다

4만 7천여 명 회원 앞에서 깃발을 든 심해 카페지기님

　지인, 니또내, 리즈향 운영자님 외, 매일 2만 명이

넘는 방문 회원들이

　　벽돌 한 장 한 장 쌓아 올린 17층 공든 탑은

　　한 달 내내 바람이 불고 비가 내릴지라도

　　내딛는 걸음걸음이 단단한 땅 위이기에

　　흔들리지 않을 것임을 우리는 믿습니다

　　인생은 빙그르르 돌아가는 회전목마 같은 것

　　쓰러져도 다시 일어나는 오뚝이 같은 것

　　고운 목청 틔우는 우리의 청풍명월은

　　남은 삶 앞에 길게 뻗은

　　새로 난 길로

　　어깨 흔들며 걸어갈 것입니다.

그래, 쑥쑥 자라거라
- 쑥 예찬론 · 1

히로시마 원폭原爆 투하 잿더미

체르노빌 원전原電 폭발 피폭에도

제일 먼저 내밀었다는 얼굴

강인한 생명, 쑥의 힘으로

힘든 보릿고개 넘기신 우리 부모님

해쑥으로 차려진 밥상

해쑥이 자라는 들판은 봄 향기로 가득

맛과 향이 비슷한

쑥갓, 쑥부쟁이와는 사촌

이파리가 비슷한

들국화, 구절초와는 팔촌

대한민국 어딜 가나 눈에 띄는

쑥이라는 이름 그대로 쑥쑥 자라는 쑥

쑥 연기로

꿀벌을 진정시켜 벌통을 관리하고
여름날엔 모기를 쫓고
여인들은 여성병을 치료하고

쑥떡, 쑥국, 쑥밥, 쑥전, 쑥튀김, 쑥차로 입이
쑥뜸, 쑥찜질, 쑥물 반신욕으로 몸이 즐겁다
7년 묵은 병은 3년 묵은 쑥으로 다스린다
개똥쑥은 면역력, 피로 해소, 항암에 좋다
쑥은 최고의 건강식.

딱풀
– 쑥 예찬론 · 2

해쑥으로 차려진 밥상이거나

해쑥처럼 자라는 시절이거나

아내는 쑥털처럼 끈적끈적하고

쌉쌀한 맛을 내는 쑥딱풀 개척자이다

쑥떡, 쑥국, 쑥 튀김과

입에 착착 달라붙는

아내의 쑥딱풀은

자라나는 쑥 싹과 더불어

머언 먼

내 조상의 어머니에게서 전해진

무시무시한 접착 성분을 지녔으므로

함부로 바르기엔 조심스러운 물건이다

일찍이 쑥의 자양 성분에

매료되었던 나는,

소문과 하는 동거 속에서도

문득,

달은 달이고 쑥은 쑥이며

아내는 아내일 수밖에 없다는

쑥덕공론에 이끌려

백지마다 아내의 사랑을 적어

딱, 붙이던 그때를 생각하면

내 이마가 괜스레 간지럽다.

▲ 시 감상평

　아내는 남편의 짝이다. 오래도록 살아야 할 서로의 의무가 있는, 하늘이 맺어준 인연이다. 쑥은 열악한 환경에서도 강한 생명력으로 역경을 이겨낸다. 서로서로 끈끈한 애정을 자주 확인해야 한다. 쑥의 쓰임새는 무진장하다. 해쑥으로는 국은 물론 떡까지 만들어 먹을 수 있고, 옷감 등에 염색하면 은은하면서 강렬한 색상이 나온다. 그러나 '쑥대밭'과 '쑥대머리'라는 말도 있다. 가꾸지 않으면 엉망진창이 된다는 말이다. 쑥덕공론에 이끌려 아내에게 사랑의 편지를 쓰는 시인의 맘이 진한 쑥향으로 다가선다.　　　　　　　　　　　- 경암 이원규

평화의 소녀상

- 2017. 8. 14 《일간경기》 광복 72주년 기념시

누나 누나 내 누나

사탕발림에 속아

지옥을 살러 간 우리 누나

누나 누나 내 누나

군홧발에 짓밟혀

지옥을 살다 온 우리 누나

나무 의자에 앉아

저 하늘에 걸린 슬픔을 보며

흘리는 한恨의 눈물

이제라도

돌부처처럼 차가운 몸에

따뜻한 피가 돌기를

비록 손잡아 건넬 핏줄은 없지만

마음은 늘

강물처럼 흐르고 있다오.

▲ 시작 노트

　일본군에 의해 조선인 위안부(慰安婦 : '일본군의 성적性的 욕구를 위해 강제로 끌고 간 여자'를 이르는 말로 한국말로는 '일본군 성노예'란 표현이 적당)를 학살한 사실이 기록된 미·중연합군의 영상이 최초로 공개(2018. 2. 28 TV 뉴스, 서울대 연구팀이 미국 국립문서기록관리청 현지조사에서 발굴) 되었다. 아시아·태평양전쟁에서 일본이 패전 직전인 1944년 9월 15일, 중국 윈난성 텅충騰沖에서 조선인 위안부들이 발가벗겨진 채로 총살된 후 버려진 모습이 담긴 19초 분량의 흑백 동영상(미국인 카메라맨 볼드윈 촬영)이다. 일본군이 위안부를 학살했다는 증언과 기사 등이 공개된 적은 있지만 현장이 촬영된 영상 공개는 이번이 처음이다. 일본군은 한국이나 대만, 중국, 필리핀, 인도네시아에서 끌고 간 여성을 '특종 군수품'으로 전쟁터로 동원하여 성적 '위안慰安'의 도구로 사용한 최후에 일부는 살려두기도 했지만 일부는 '특종 군수품 폐기'라는 명목으로 총살한, 상상하기도 끔찍한 만행蠻行을 저질렀다.

문화가 샘솟는 넓은 마당으로
– 2002년, 제3대 이기룡 오산문화원장 취임 축시

문화의 새싹
천천히 흐르는 실개천 가에서
오산천에서, 금암동 고인돌에서
그대의 이름으로 태어납니다

필봉산, 마등산 봉우리를 바라보며
솔바람 물결 소리에 귀 기울이면
오산 시민이 살아가는 이야기
도란도란 들려옵니다

물결이 여울지듯
우리 고향에 그대가 있어 더욱 좋습니다

새 문화를 창조하고
옛 문화를 발굴하고
문화유산을 보존하고
내 고향 문화를 알리는
그대의 땀나는 발이 있어 흐뭇합니다

권율 장군의 기지가 살아있는
이끼 낀 독산성 세마대에서
운암뜰, 갈곶동 높다란 아파트까지

목마른 시민의 정서에
문화의 샘물을 퍼주는 그 넓은 마당이
그대가 갈 길입니다
오늘 새 주인을 맞으며
오산의 미래를 그대로부터 봅니다

나날이 새롭게 발전하여
더욱 사랑받고
시민과 한 몸 되어 뛰어갈 오산문화원

내 고장 오산에
그대가 있어 정말 든든합니다.

꿈과 희망이 넘치는 오산
– 2004년 '애들아 깡통 돌리러 가자' 달맞이 기원문

손에 손잡고 마음을 나누노라면
서로서로 정이 담긴 꽃이 핍니다
소리 없이 피어나 향기를 날리는 십이만 꽃송이
21세기의 꽃, 희망의 꽃동산 오산!

우리 가슴속에, 밤하늘에 휘영청 밝은 보름달!
서로 사랑한다고, 서로 사랑하자고 다짐하듯
외삼미동 실개천에서 붕어가 노니는 오산천으로
지축을 흔드는 함성이 들리는 독산성 세마대에서
사람 사는 냄새 가득한 오산시장으로, 운암뜰로,
갈곶동으로

독산, 여계산, 필봉산, 마등산의 솔바람 향기와
드높은 정기를 받아
꿈과 희망이 넘치는 오산 땅에서라면
무엇이든 해낼 수 있습니다

오늘은 희망을 나누어 갖는 날
서로 돕고 더불어 살아가자며 다짐하는 한마음 되
는 날

부디 올해부터는 부족함이 없게 하소서
부정부패도, 질병도, 근심도, 갈등도,
정치 싸움도, 혼돈의 좌우논쟁도 없게 하소서
삼백예순다섯 날 오산 시민들 힘을 내게 하소서

평화로이 온누리를 비추는 보름달처럼
광활한 우주로 솟구쳐 올라
더 큰 꿈을 꾸게 하소서
활화산 같은 태양처럼, 저 둥글고 큰 보름달처럼
오산 시민에게 도전과 용기, 꿈과 희망으로 타오
르게 하소서.

매향리*의 어머니
- 2004년 제2회
  <상생 평화 공존을 위한 문학축전> 낭송시

언젠가는 부자지간에도

이별하게 되고

한 줌 재가 되어

날아가는 게 우리네 인생이라며

쿨럭쿨럭 천식 앓으시던 어머니!

이 가슴속에

폭탄 떨어지듯

폭탄 터지듯

한恨만 남겨주시고

떠나가신 어머니!

가난이 죄라고

가난이 죄는 아니라며

한평생 노동을 천직으로 여긴

복 중에 일복만 받으신

일흔일곱 어머니 일생

이 못난 자식은 쉰 살을 살았어도

어머니에게 진 그 많은 빚

한 푼도 갚지 못했는데

한 올 한 올 실을 뽑는 물레처럼

열이 넘는 자식들 낳아

한 줄 구슬로 꿰신 어머니!

만나면 헤어지고

헤어지면 다시 만나자며

가난 없고 고통 없을

저세상을 꿈꾸시다

쿨럭쿨럭 모두 쏟아놓은

붉은 저기 저 저녁놀.

* 매향리 : 경기도 화성시 우정읍에 위치한 농어촌 마을로 1951년부터 2005년까지 54년 동안 미 공군 전폭기들이 폭격 훈련을 하던 곳이다. 쿠니(KOON-NI 화성시 우정읍 매향리 고온이 마을, 미군들이 고온이 발음이 어려워 쿠니 쿠니 한데서 붙여진 이름)사격장 옆 매향리 앞바다엔 폭격 타깃이 된 아주 작은 섬, 농濃섬이 있다.

질서와 균형과 조화의 달
- 2018년(무술년) 정월 대보름 달맞이 기원문

슬픔과 고통의 긴 터널 일제 강점기에서 광복 73년을 돌아 무술년戊戌年 정월 대보름, 누렁개 짖는 소리에 눈을 뜨고 찬란한 희망을 안고 산에 오른다.

어깨를 짓누르던 지난해의 상처와 갈등, 너와 나, 좌와 우, 보수와 진보, 네 편과 내 편이라는 편 가르기 분열은 소통과 화합, 통합, 공존, 상생, 번영을 위하여 산 아래로 모두 벗어던진다.

정상에 오르는 길은 여전히 멀고 험하지만, 주저앉고 싶을 정도로 버겁지만, 비바람 눈보라가 거세게 몰아쳐도 주저하지 않고, 집채만 한 바위가 앞길을 가로막아도 좌절하지 않고 나아간다.

오늘은 희망을 이야기하는 좋은 날, 대한민국의 발전과 국민의 건승과 안녕을 기원하는 날. 미움과 분노로 엉킨 실은 화해로 풀고, 가난 속박 혼란은 연

줄에 띄워 날려 보내는 날.

　우리 서로 따뜻하게 배려하고 격려하자고, 정직하게 땀 흘려 일하는 사람이 잘사는 세상을 만들자고, 빈부 격차는 해소하고 소모적 좌우논쟁은 종식하자고, 힘과 지혜를 모아 선진 한국의 꿈을 이루자고, 일 년 중 첫 번째 떠오른 큰 보름달을 보며 기도한다.

　이제는 타인의 잘못을 받아들이는 이해와 용서를 주소서. 그른 것을 물리치고 옳은 것을 실천하는 지혜와 현명함을 주소서. 이해관계에 얽혔을 때 한 발짝씩 양보하는 미덕을 주소서.

　달아! 쟁반같이 둥근달아! 온유하고 겸손한 달아!
　이 순간부터 미래를 지향하는 생명의 빛이 넘치고 사회 질서가 균형과 조화를 이루게 해다오. 그리하여 지구촌엔 평화가, 한반도엔 자유민주주의로 하나가

되는 통일이, 가정엔 행복이, 사람과 사람 사이엔 정
이 넘쳐서 우리 모두 살맛 나는 신바람 나는 세상을
만들어다오.

새 희망 새 출발

– 2024년 새해, 해맞이 기원문

매일 지는 태양이지만

어제 우리는 서쪽으로 낭만과 서정

그 이상의 의미로, 가는 한 해의 끝자락에서

장엄하게 지는 해넘이를

사라지는 아름다움으로 바라보며

제야除夜의 종소리를 들으며

가는 해를 정리하고 묵은 생각

지난날의 시름도 잊었습니다

매일 떠오르는 태양이지만

오늘 우리는 동쪽으로 꿈과 희망

그 이상의 의미로, 오는 한 해의 처음에서

어둠을 헤치고 솟는 해돋이를

장쾌한 아름다움으로 바라보며

오는 해를 설계하고 밝은 내일

일 년간의 소망을 빌기 위해

몸과 마음을 씻고

여기 이 자리, 독산성* 세마대에 섰습니다

아름다운 장관을 연출하는 해돋이는
우리에게 어려웠던 2023년이었지만
2024년, 올해부터는 나아질 거라는
새 희망을 주고
긍정적이고 낙관적인 생각으로
교만하지 않고 겸허하게 살아가라는
다짐과 바람을 줍니다

해여! 아름다운 해여!
2024년 첫날 첫 아침에
허허로운 겨울바다, 겨울산을 뚫고
찬란하게 떠오르는 신성한 새 해여!

두 손 모아 빌고 또 비나니
세계 속의 우리 조국 대한민국

정이 많은 우리 겨레 한국인

타국에서 이주해 온 다문화 가족

따뜻한 오산 시민, 넉넉한 대한 국민

밝은 곳, 어두운 곳

고루고루 비추어서

우리 모두 더불어 살아가는

나누며 베풀며 사랑이 넘치는 사회

자손만대까지 이어주소서

* 독산성(禿山城 대한민국 사적 제140호) : 경기도 오산시 지곶동 독산(208m)에 백제 때 축조, 통일신라시대와 고려시대에도 사용하였을 것으로 추정되는 산성. 1593년(선조 26년) 임진왜란 중에 전라도 관찰사 겸 순변사 권율 장군이 전라도로부터 근왕병 2만여 명을 이끌고 이곳에 진지陣地를 구축, 주둔하면서 왜병 수만 명을 무찌르고 성을 지킴으로써 왜군의 진로를 차단했던 곳.

* 세마대(洗馬臺) : 독산 정상에 권율 장군이 독산산성에서 기지를 발휘(쌀로 말을 씻는 시늉)하여 왜군을 물리쳤다 하여 그 기념으로 세워진 정자亭子다.

젊음, 바람과 함께 사라지다 · 1
– 일그러진 자화상

하늘만 빠끔히 보이는 충청도 두메산골

20세기가 강력히 원하여 떡두꺼비로 탄생

개복상, 아그배 따 먹고 다람쥐 쫓으며

바람개비, 굴렁쇠 돌리던 어리벙 소년이

한 여인의 남편으로, 한 아들의 아버지로

이 고개 저 고개를 넘으며

쉼 없이 달려오니 한 갑자(60년)를 돈

인생을 찬미讚美할 나이

꽃처럼 아름다워 화갑華甲이다

나에게도 '젊음'과 '청춘', 그 좋은 것이 있어서

뒤는 돌아다보지도 않고 앞만 보고 나아갔는데

총기가 가득한 눈으로 천 리를 보았는데

세심하고 빠른 동작으로 일했는데

손발엔 땀이 흥건했는데

오줌으로 고향 집 담장 넘기기 시합도 했는데

먹는 재미로 산다며 왕성한 소화력으로

양푼으로 밥을 먹기도 했는데

설탕 크림 들어간 커피만 마셨는데

청춘의 뜨거운 피가 온몸에 흘렀었는데

어느 날 갑자기 듣도 보도 못한 남성 갱년기인지

뭣인지가 찾아와

좋았던 '젊음'과 '청춘'이란 놈은 날개가 달렸는지

날아가 버리고

올라갈 때 못 본 그 많은 것들, 천천히 걷다 보니

내려오면서 보게 되고

노안에다 안구 건조로 돋보기가 친구가 되고

깜빡깜빡 건망증에다 동작은 느려지고

손발의 땀은 말라 건조해지고

전립선비대증으로 소변 줄기는 약해지고

소화력은 떨어져 소식을 하게 되고

쓰디쓴 블랙커피만 마시고

검은 머리엔 흰 서리가 내리고, 눈썹은 호랑이 눈

썹으로 변하고

일심동체였던 아내는 일심이체로 연인에서 친구
가 되고

노래방에서는 「가지 마오」, 「그대여 변치 마오」를
열창했는데

일장춘몽一場春夢이라는 덧없이 흘러간 세월의 꿈
에서 깨어나 보니

「가는 세월」, 「청춘을 돌려다오」, 「내 나이가 어때
서」를 부르고

'인생은 60부터다', '나이는 숫자에 불과하다'라는
말은

"다 개뿔 같은 이야기"라는 TV 속 조영남 말에 맞
장구치고

고장 난 벽시계를 보면서 가는 세월도 고장 나기
를 기다린다고 전해라.

젊음, 바람과 함께 사라지다 · 2
— 천지 만물 이치 통달

세월 앞에 장사 없다고 천하장사 이만기도 비껴가

지 못한 세월을

'게 섰거라' 하면서 절규 아닌 절규로,

탄식 아닌 탄식으로 한숨짓지만

남은 날만이라도 후회 없는 삶 살다가

일에서 은퇴한 긴 노후에

아무도 찾아오는 이 없어도 책을 벗 삼아

마냥 행복할 수 있는 사람 되는 것이 소망이다

예이츠는 「비잔티움의 항해」라는 시에서

'늙은이는 다만 하나의 하찮은 물건, 나무 막대기

에 걸린 추레한 옷과 같다'고 표현했고

법정 스님은 최인호 작가와의 대화에서

'육신은 잠시 걸친 옷일 뿐 죽음은 자연스러운 것'

이라고 했듯이

누구나 태어나면 성장하고 늙고 병들고 죽어가는

세상사의 섭리를 그 누가 거역할 수 있단 말인가

적게 벌면 적게 쓰고, 모자라면 아껴 쓰고

남은 것, 넘치는 것은 작은 것 하나라도 이웃과 나눌 줄도 알고

고마움으로 살다 보니

창가로 들어오는 햇살 한 줌도

이마의 땀을 식혀주는 바람도

가슴 깊숙이 들이마시는 신선한 공기도

목마름을 해결해 주는 물 한 컵도

식탁 위에 오른 밥 한 공기, 김치 한 조각, 감자 고구마도

가족도, 친인척도, 이웃사촌도, 일과 중에 만나는 모든 사람도

문학의 길에서 만나 함께 걸어가는 문학인들도

인터넷 카페에서 만나 소통하는 이들도 모두 모두 고맙고

한 순간, 한 시간, 하루하루가 금쪽 같이 소중하기

만 하다

이순耳順이 되면

천지 만물의 이치를 통달하고

듣는 모든 것들 다 이해하여 귀가 순해진다는데

부처님 가운데 토막이나 되는 양 너그럽고 느긋해

보이지만

착각은 자유라고

'이 세상을 다 가진 것' 같은

'나만은 절대 늙지 않을 것'이라는 착각 속에

소심하고 지랄 같은 성격의 찌질이로

외로움에, 서러움에 눈물이나 펑펑 쏟으며

아직도 바보천치처럼 세상사의 이치를 깨닫는 중

이라고 전해라.

젊음, 바람과 함께 사라지다 · 3
– 청산青山이 나를 보고

시 쓰는 일이 무슨 큰 벼슬이라도 되는 양

시 한 줄 붙잡고 몸부림치고 있는

새장 속에 갇힌 새처럼

세상 밖 물정 모르는 철부지 시인으로, 수필가로

원고지와 씨름하며 컴퓨터 자판이나 두드리고 있는

돈 버는 재주도, 쌓아 놓은 것도 없이

이빨만 까며 나이 값어치도 못 하는 주제에

아내에게 큰소리나 치는 간땡이가 부은 남자

배신도 당하고, 남을 배신하면서

산전수전, 공중전까지 치르고

내 위주로만 살아온 삶을 뒤돌아보면서

나옹선사 선시禪詩로 자신을 달래본다

'청산은 나를 보고 말없이 살라 하고

창공은 나를 보고 티 없이 살라 하네

사랑도 벗어 놓고 미움도 벗어 놓고

물 같이 바람 같이 살다가 가라 하네

청산은 나를 보고 말없이 살라 하고

창공은 나를 보고 티 없이 살라 하네

성냄도 벗어 놓고 탐욕도 벗어 놓고

물 같이 바람 같이 살다가 가라 하네

세월은 나를 보고 덧없다 하지 않고

우주는 나를 보고 곳 없다 하지 않네

번뇌도 벗어 놓고 욕심도 벗어 놓고

강 같이 구름 같이 말없이 가라 하네’

저승으로 가는 다리 앞에 다다랐지만

소똥 밭에 굴러도 사람 사는 이 세상이 좋다 하기에

이애란의 「백세인생」처럼

육십 세에 저세상에서 날 데리러 오거든

아직은 젊어서 못 간다고 전해라.

언젠가 이 다리를 건너

먼저 가신 어머니, 아버지를 만나면

아름다운 이 세상에 보내주심이 고마워서

큰절을 올리겠다고 전해라.

사무사 무불경 思無邪 毋不敬을 마음에 새기고

- 삿된 생각을 품지 말고 매사에 공경하고 배려하라

경암 이원규(시인 · 문학평론가)

사무사 무불경思無邪 毋不敬을
마음에 새기고

- 삿된 생각을 품지 말고 매사에 공경하고 배려하라

경암 이원규(시인 · 문학평론가)

박민순 작가는 언제 봐도 '바르게 사는' 사람이다. 자신에게 처한 악조건 속에서도 자존감을 앞세우며 대쪽 같이 사는 부지런한 성격의 소유자이다. 직장생활만 봐도 그렇다. 여건이 그리 좋아 보이지도 않은데, 마치 그 직업이 천직인 양 여기며 진짜 오래도록 일했다.

그의 시도 마찬가지라서 오랜 세월 동안의 고통과 절망 그리고 그리움으로 점철되었던 예전과 별반 다름없는 시를 아직도 줄기차게 쓰고 있다. 너무나 달라진 세상, 시쳇말로 격세지감隔世之感을 느낄 만큼 세상이 변했음에도 불구하고 이념이나 사상에 물들지 않고 시의 대상과 주제와 소재는 조금도 바꿀 의향이 없는 모양이다. 그런데도 작품마다 푸근한 인간미가 넘치고 자연을 대하는 애정이 듬뿍 담긴 소박한 시를 잘 쓴다. 어려운 말을 쓰거나 복잡한 수사법을 동원해 기교를 부리지도 않으면서 쉽고 편하게 쓴다.

쉬운 말로 쓴 시라고 해서 아무렇게나 막 쉽게 쓴 시가 아니다. 시를 어렵게 쓰는 데는 2~3년 정도 학습하면 족하지만, 원로시인들처럼 진짜 쉽게 쓰려면 최소한 40~50년은 족히 걸린다고 한다. 아집과 독선을 버리고 품격과 지조를 지키기가 그만큼 어렵다는 뜻이다.

박민순 작가의 작품에는 작품마다 '이렇게 사는 게 바른길이며 사람의 도리'라는 바른말뿐이라서, 틀린 말은 한마디도 찾을 수가 없다. 또한, 그의 시는 용감무쌍하게 단도직입^{單刀直入}한다. 우회하지 않고 직설적이며, 감상에 젖지 않고 너무 냉정해서 까칠하기까지 하다.

한 편의 시는 그 사람이 들려주는 진솔한 한 토막의 인생 이야기가 된다. 그래서 필자는 기회가 생길 때마다 늘 강조했다. 자기의 속마음을 후련하고 진실하게 표현한 시가 잘 쓴 시, 좋은 시다. 이때, 길게 쓰는 것보다는 줄일 수 있는 데까지 최대한 줄여서 짧게 쓰면 그야말로 금상첨화다. 굳이 '경제적'이란 말을 들먹일 필요도 없다. '최소의 언어로 최대의 효과'를 낼 수 있도록 압축하고 생략해서 가장 짧고 강하게 써야 한다.

박민순 작가는 평생 지병으로 고통을 겪으면서도 자신보다 더 어려운 이웃들을 향한 봉사활동은 쉬지 않았다. 언론이나 방송을 통해 선행을 드러내지 않고, 사무사 무불경思無邪 毋不敬을 마음에 새기고 작은 봉사를 즐기며 실천했다.

이처럼 타인에게 봉사하는 사람은 스스로 행복감이 배가 되어 장수한다고 한다. 결국, 타인을 위한 봉사가 자신을 위한 봉사가 되는 셈이다. '가진 것, 귀한 것, 전부 퍼주는' 어머니로부터 물려받은 선한 마음으로 박민순 작가처럼 이웃들과 나누며 사는 게 말로는 쉽지만, 실천하는 사람은 매우 드물다. 가황歌皇 나훈아 형님도 목에 핏대를 세우며 노래했다. '사랑은 주는 것, 아낌없이 주는 것'이라고….

제1부에 실린 「내 마음」 등 열아홉 편과 제2부의 전반부 「웃음꽃」부터 「내 마음의 나이테」까지 열한 편은 그야말로 순수 서정시의 모음이다. 박민순 작가

는 주로 수필을 쓰다가 시를 겸업했지만, 어느 틈에 가속도가 붙어 그 힘이 매우 거세졌다. 2부의 후반부 「행복 바이러스」부터 다섯 편의 장시에서는 아름다운 사람들의 이름을 일일이 호명하고 있다.

3부는 그야말로 박민순 작가의 트레이드마크인 '어머니'를 주제와 소재로 삼아 쓰는 시들의 모음이다. 3부의 마지막에 등장하는 「주걱」과 「아내의 지우개」는 작가와 함께 알콩달콩 사는 아내의 모습도 보인다. 주로 행사장에서 낭송했던 시가 실린 제4부 「아름다운 5060」도 무척 길게 썼지만, 인간미가 넘친다. 회갑 때 쓴 「젊음, 바람과 함께 사라지다」 연작시 3편에서는 유머 있게 인생무상을 노래하고 있다. 그때가 60대 초반이었는데, 지금은 중반을 지나 70대로 성큼성큼 치닫고 있다.

1974년경 고교 시절부터 <시림詩林>이라는 문학 동인을 결성하여 박민순 작가와 함께 활동했던 수원의 김우영 시인의 말을 빌리자면 "박민순은 《학원》지에 수필과 소설 등을 발표하며, '학원문학상' 소설 부문에 입상했을 뿐만 아니라 《학원》, 《학생중앙》 학생기자로 다부진 활동을 하며 어엿한 학생 문사로서

전국의 여학생들에게 인기가 높았던 유명인(?)이었다"라고 증언하고 있다.

또한 제2대 오산문학회장을 역임하고 한남상호신용금고 전무이사였던 고 백규현 시인은 "나는 지금까지 박민순처럼 문학을 사랑하고 아끼는 사람은 본 적이 없다."라고 했고, 오산시인협회 초대 회장이었던 김선우 시인은 "오늘도 수없이 만나는 나그네에게 사랑을 제공하는 주인의식을 가지고 문학 활동을 하는 사람", 윤영화 시낭송가는 "글 한 줄, 시 한 편 붙잡고 고뇌하며 기뻐하며 살아가는 시인, 가난하지만 마음만은 부자인 시인"이라고 했다.

또한, 남기선 시낭송가는 "박 시인의 시는 세상사에 지쳐있는 내 마음의 나이테에 조용히 맑은 수액이 차오르게 한다"라면서 그를 아는 사람들은 너나 할 것 없이 격려와 찬사를 보내고 있다.

그런 주변 사람들의 응원 덕분인지 박민순 작가는 신체적 체력이야 약골인 것은 그 옛날과 변함이 없지만, 글에 대한 열정만큼은 누구 못지않게 뜨겁다. 아무쪼록 지금까지 살아왔던 것처럼 딱 삼십 년만 더 울울창창한 문학의 텃밭을 가꾸면서 늘 건필하시라.